CW00706448

TEULU'R LLYGOD

Y Falŵn

Stori gan Hilary Lazell

Addasiad Cymraeg gan Emily Huws

Darluniau gan Pamela Storey

Roedd Mami Llygoden yn darllen llythyr. "Mae Wncwl Gwich yn dod i fwrw'r Sul," meddai hi.

"Hwrê!" gwaeddodd y llygod bach.
"Ooooo!" ochneidiodd Dadi Llygoden.

Yn sydyn daeth CLEC fawr ar y to, a llestri a llygod yn syrthio ar y llawr.

"Mae o yma!" gwaeddodd pawb a rhuthro allan.
Ac yn wir i chi, dyna lle'r oedd o, ar y to mewn
BALŴN!

"Helô, bawb!" meddai Wncwl Gwich a rhoi corn simnai oedd wedi torri i Dadi Llygoden. "Pwy sydd am ddod am dro yn fy malŵn i?"

Neidiodd y llygod bach i mewn i'r fasged cyn i'w
rhieni gael cyfle i ddweud gair. "Fe ddown ni'n ôl
erbyn te," gwaeddodd pawb, ac i ffwrdd â nhw.

Aeth y falŵn yn uwch ac yn uwch a phopeth islaw
yn llai ac yn llai. Cyn bo hir roedden nhw'n gallu
cyffwrdd tŵr yr eglwys.

Aeth dau aderyn du heibio. "Dowch am ras!"
gwaeddodd y llygod bach.

Roedden nhw'n gallu gweld eu ffrindiau'n chwarae efo barcud.

"Edrychwch!" gwaeddodd y llygod. "Dacw fo ein tŷ ni hefyd."

I fyny ac i fyny drwy'r cymylau â nhw; cymylau gwyn, meddal, gwlanog, a chymylau tywyll, llwyd, gwlyb.

Yn sydyn, dechreuodd fwrw glaw, ond ymlaen â'r llygod, ac yna, daeth yr haul allan. "O! Edrychwch ar yr enfys!" gwaeddodd pawb.

Erbyn hyn, roedden nhw'n ddigon uchel i fedru
cyffwrdd copa'r mynyddoedd gwyn. "G . . . g . . .
gawn ni fynd adref rŵan?" gofynnodd y llygod bach
gan grynu.

"Syniad da iawn," cytunodd Wncwl Gwich. "Fedrwn ni lanio yn esmwyth y tro yma, tybed?"

Yn araf, araf bach, gollyngodd Wncwl Gwich yr aer
allan o'r falŵn. Roedd pawb yn sbecian dros yr ochr
i weld ble byddai hi'n glanio.

"Gwyliwch rhag i chi syrthio allan," rhybuddiodd Wncwl Gwich. Yn araf, disgynnodd y fasged i'r ddaear.

Ond ddaeth dim CLEC y tro hwn — dim ond clep
drom, dawel, ac yna clip-clop-clip-clop. Edrychodd
pawb dros yr ochr wedyn.

Roedden nhw wedi glanio ar ben llwyth o wair.
"Dyna ardderchog!" meddai Wncwl Gwich. "Rŵan,
'sgwn i beth gawn ni i de?"